Voor Ralph

Kijk voor meer informatie over de kinder- en jeugdboeken
van de Gottmer Uitgevers Groep op **www.gottmer.nl**

© 2004 Petr Horáček
Oorspronkelijke titel: *A New House for Mouse*
Oorspronkelijke uitgever: Walker Books, Londen
© 2006 voor het Nederlandse taalgebied:
Uitgeverij J.H. Gottmer / H.J.W. Becht BV,
Postbus 317, 2000 AH Haarlem (e-mail: post@gottmer.nl)
Uitgeverij J.H. Gottmer / H.J.W. Becht BV is onderdeel van
de Gottmer Uitgevers Groep BV
Vertaling: J.H. Gever
ISBN 978 90 257 4087 0
NUR 273

Druk: 10 9 8 7 6 5 4 3
Jaar: 2011 2010 2009 2008 2007

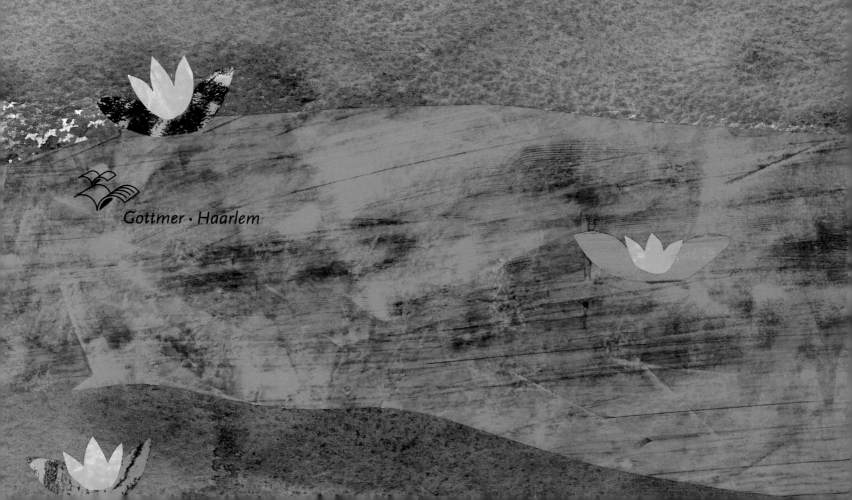

Gottmer · Haarlem

Kleine Muis
zoekt een huis

Petr Horáček

uis uit haar holletje
en.

he Muis.
r mijn holletje.'

Ze trok en trok, maar he

De appel ging niet door

'Mijn huis is te klein,' ze

'Ik moet op zoek naar ee

En zo ging ze op weg.

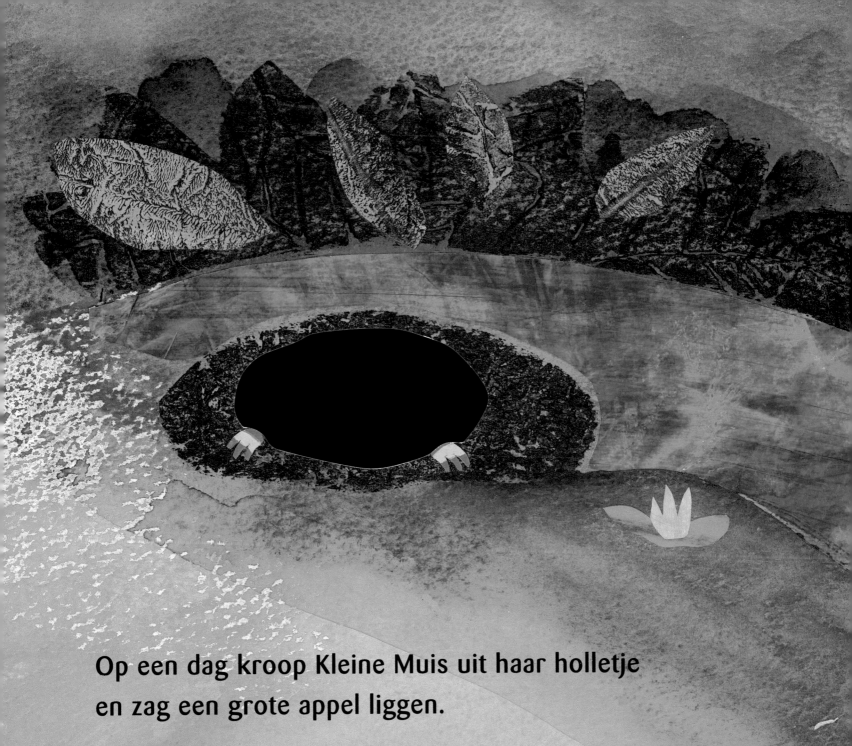

Op een dag kroop Kleine Muis uit haar holletje
en zag een grote appel liggen.

'Mmm, wat lekker!' zei Kleine Muis.
'Die appel neem ik mee naar mijn holletje.'

Ze trok en trok, maar het lukte niet.

De appel ging niet door het gaatje.

'Mijn huis is te klein,' zei Kleine Muis.

'Ik moet op zoek naar een groter huis.'

En zo ging ze op weg.

'Hè hè, van dat zoeken krijg je
honger,' zei Kleine Muis en ze nam een paar hapjes
van de sappige appel. Toen zag ze een holletje dat net
iets groter was dan haar eigen holletje. Ze gluurde naar
binnen en zei: 'Dit huis lijkt me precies groot genoeg.'

'Hallo, Mol,' zei Kleine Muis.
'Ik ben op zoek naar een groter huis
voor mij en mijn appel. Kan ik
bij jou komen wonen?'
'Nee,' zei Mol. 'Mijn huis ligt vol
boeken. Er is niet genoeg plaats
voor jou en mij, mijn boeken
en jouw appel.'
'Dan zoek ik verder,'
zei Kleine Muis.

Na al dat lopen had Kleine Muis weer zin om iets te eten.
'Ik neem nog een hapje van de appel,'
zei ze tegen zichzelf.
Toen zag ze een holletje dat net iets groter was dan
het holletje van Mol.
Ze gluurde naar binnen en zei: 'Dit huis lijkt me precies
groot genoeg.'

'Hallo, Konijn,' zei Kleine Muis.
'Ik ben op zoek naar een groter huis
voor mij en mijn appel.
Kan ik bij jou komen wonen?'
'Nee,' zei Konijn. 'Mijn huis ligt
helemaal vol met slablaadjes.
Er is niet genoeg plaats voor jou en mij,
mijn slablaadjes en jouw appel.'
'Dan zoek ik verder,'
zei Kleine Muis.

Kleine Muis liep verder en algauw
rammelde ze van de honger. Ze nam weer
een paar hapjes van de appel.
Toen zag ze een holletje dat net iets groter was
dan het holletje van Konijn. Ze gluurde naar binnen
en zei: 'Dit huis lijkt me precies groot genoeg.'

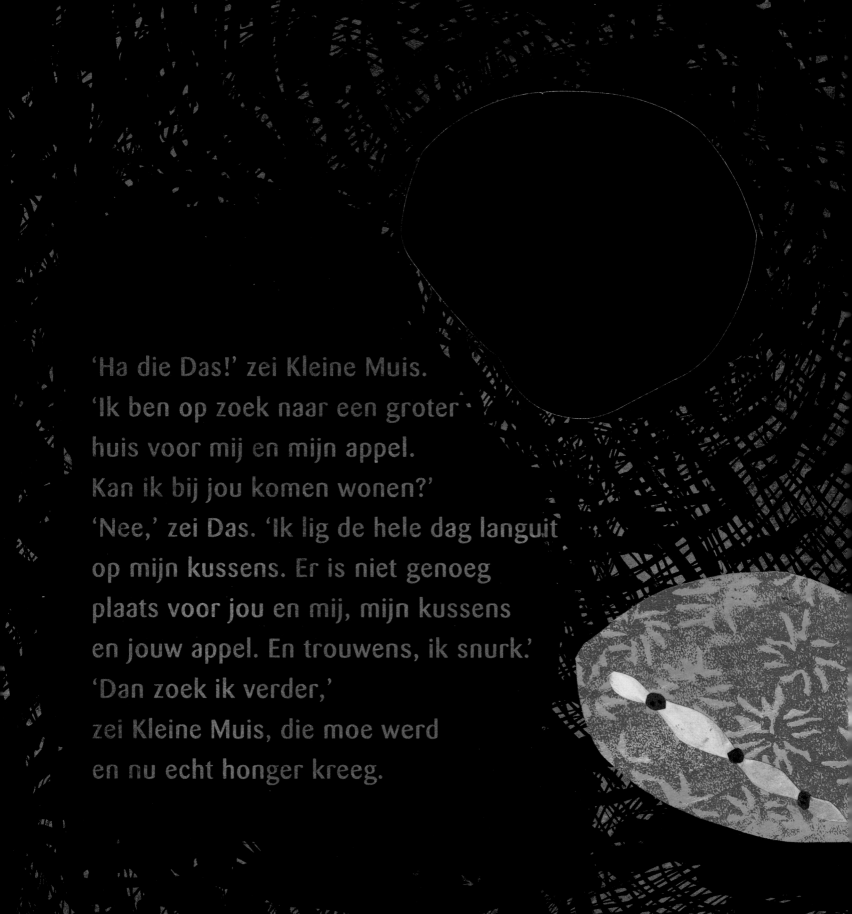

'Ha die Das!' zei Kleine Muis.
'Ik ben op zoek naar een groter
huis voor mij en mijn appel.
Kan ik bij jou komen wonen?'
'Nee,' zei Das. 'Ik lig de hele dag languit
op mijn kussens. Er is niet genoeg
plaats voor jou en mij, mijn kussens
en jouw appel. En trouwens, ik snurk.'
'Dan zoek ik verder,'
zei Kleine Muis, die moe werd
en nu echt honger kreeg.

Onderweg nam Kleine Muis nog een paar hapjes van de appel en toen ze opkeek zag ze een heel groot hol. Dit lijkt me zeker groot genoeg voor mij en mijn appel, dacht ze, en ze riep heel hard: **'Hallo, is daar iemand?'**

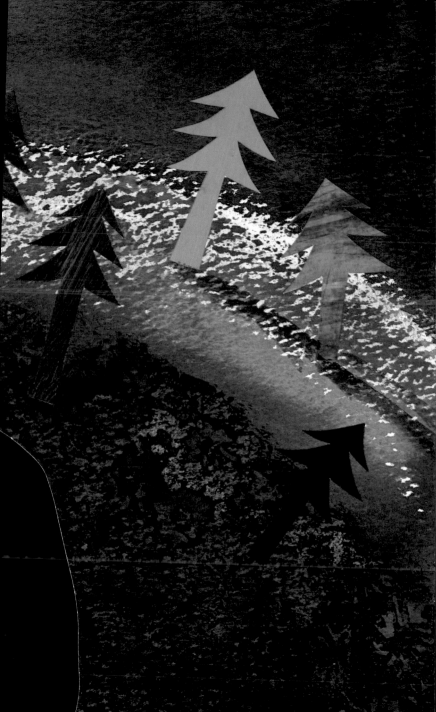

'Hallo, Kleine Muis
enorme beer. 'Kom je
'Nee, dank je,' piepte Klein
'Ik denk dat jouw hol te kl
en mij én mijn grote appel
En weg was ze.

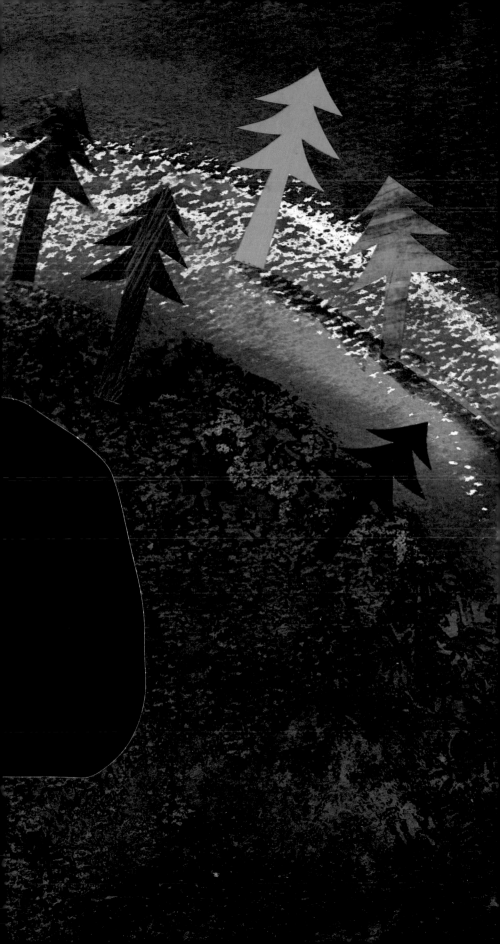

'Hallo, Kleine M

enorme beer. 'Kom

'Nee, dank je,' piepte

'Ik denk dat jouw hol t

en mij én mijn grote a

En weg was ze.

Kleine Muis was moe van al dat lopen,

maar gelukkig was de appel niet meer zo zwaar.

Toen zag ze opeens weer een holletje.

'Dat lijkt me precies goed.

Wie zou er wonen?'

Ze gluurde naar binnen.

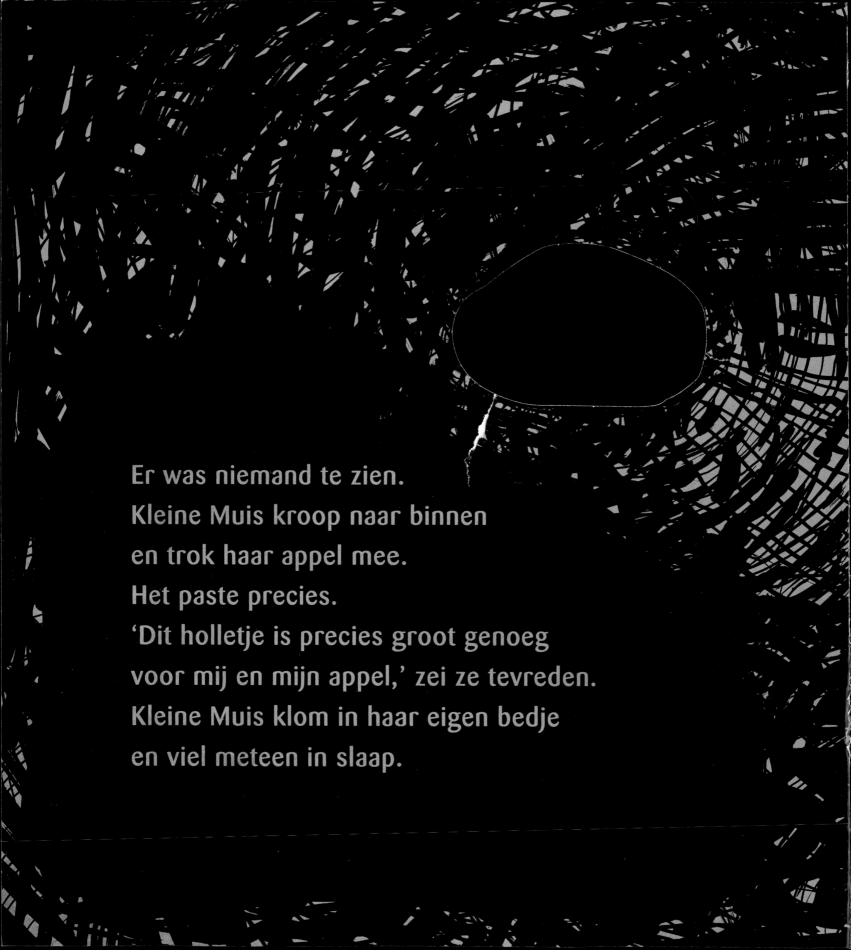

Er was niemand te zien.
Kleine Muis kroop naar binnen
en trok haar appel mee.
Het paste precies.
'Dit holletje is precies groot genoeg
voor mij en mijn appel,' zei ze tevreden.
Kleine Muis klom in haar eigen bedje
en viel meteen in slaap.